la maladie de la mort

LA MALADIE DE LA MORT

by Marguerite Duras
Copyright © 1983 by LES ÉDITIONS DE MINUIT

This Korean edition was published by Nanda Publishers in 2022 by arrangement with Les Éditions de Minuit through KCC(Korea Copyright Center Inc.), Seoul.

죽음의 병

LA MALADIE DE LA MORT

마르그리트 뒤라스 지음
조재룡 옮김

ㄴㄴ〉〈ㄷㄴ

당신은 분명 여자를 알지 못하리라, 발기된 당신의 성기를 어디에 놓아두어야 하는지, 성기를 채우고 있는 눈물들을 어디에 쏟아내야 하는지 호소하는 밤이 올 때마다, 어느 호텔에서, 길거리 어딘가에서, 어느 기차 안에서, 어떤 바에서, 어떤 책 속에서, 어떤 영화 속에서, 당신 자신 안에서, 당신 안에서, 너 안에서, 동시에 도처에서, 분명 여자를 보았으리라.

당신은 여자를 샀었을 수도 있다.

당신은 이렇게 말했으리라: 며칠 동안 매일 밤 와야 할 겁니다.

여자는 당신을 오래 쳐다보았으리라, 그런 다음, 그럴 경우 비쌀 거라고 당신에게 말했으리라.

그런 다음 여자가 묻는다: 뭘 원하시는데요?

당신은 해보고 싶다고, 뭔가를 시도하고 싶다고, 그것을 시도하고 싶다고, 그것에, 몸에, 그 젖가슴에, 그 체취에, 아름다움에, 몸이 구현할 아이의 출산이라는 저 위험에, 굴곡진 근육도 없고 힘도 세지 않은 털 없는 형체에, 그 얼굴에, 그 맨살에, 그 피부와 그것이 덮고 있을 생명 사이의 우연한 일치에 당신이 익숙해지고 싶다고 말한다.

당신은 시도하고 싶다고, 어쩌면 며칠 정도 시도하려 한다고 여자에게 말한다.

어쩌면 몇 주.

어쩌면 당신이 살아 있는 내내.

여자가 묻는다: 무얼 시도하려는 건가요?

당신이 말한다: 사랑하기.

여자가 묻는다: 또 뭐가 있죠?

당신은 잠잠해진 성기 위, 당신이 알지 못하는 거기에서 잠들려 한다고 말한다.

당신은 시도하고 싶다고, 세상의 특이한 그곳, 거기에서 울고 싶다고 말한다.

여자는 미소를 짓는다, 여자가 묻는다: 당신이 원하는 것 중에는 저도 있겠지요?

당신이 말한다: 네. 아직 잘은 모르겠지만, 거기도 관통하고 싶어요. 제가 평소에 하던 대로 격렬하게. 그것이 좀더 저항력을 가진다고, 빈 곳보다 더 저항력을 가지는 게 바로 부드러움이라고 말하더군요.

여자는 말한다, 여자는 의견이 없다고, 여자는 알 수 없다고.

여자가 묻는다: 다른 조건은 또 뭐가 있나요?

당신은 여자가 그녀의 옛 조상의 여인네들처럼 입을 다물고 있어야 하고, 당신에게, 당신의 요구에 완전히 따라야만 하며, 추수를 마치고 녹초가 되었을 때 농사짓는 여인들이 헛간에서, 반쯤 잠든 채, 남자들이 다가오게 놔두곤 했듯이, 당신에게 전적으로 복종해야 하며―이는 당신의 그것과 결합하게 될 몸이라는 형체, 수녀들이 신에게 그런 것처럼 당신의 뜻에 자신을 오롯이 맡길 저 형체에 당신이 차츰차츰 익숙해질 수 있게 하려는 것이라고―이는 또한, 날이 밝아오면서 당신의 몸을 어디에 두어야 할지, 어떤 빈 곳을 향해 사랑해야 할지 몰라서 당신이 갖게될 두려움을 서서히 덜어주기 위해서라고 말한다.

여자는 당신을 바라본다. 그런 다음 여자는 당신을 더는 바라보지 않는다, 여자는 다른 곳을 바라본다. 그런 다음 여자가 대답한다.

여자는 그럴 경우, 값이 조금 더 비싸질 거라고 말한다. 여자는 지불해야 할 액수를 말한다.

당신은 받아들인다.

여자는 매일 오리라. 여자는 매일 온다.

첫날 여자는 옷을 벗는다 그리고 여자는 당신이 침대에서 그녀에게 정해준 자리에 길게 눕는다.

당신은 여자가 잠드는 것을 바라본다. 여자는 말이 없다. 여자는 잠든다. 밤새도록 당신은 여자를 바라본다.

여자는 밤과 함께 오리라. 여자는 밤과 함께 온다.

당신은 밤새도록 여자를 바라본다. 당신은 이틀 밤을 꼬박 여자를 바라본다.

이틀 밤을 여자는 거의 말을 하지 않는다.

그러다 어느 날 저녁 여자는 그것을 한다. 여자는 말을 한다.

여자는 당신의 육체를 덜 외롭게 하는 데 그녀가 쓸모가 있었는지 당신에게 묻는다. 여자의 이 말이 당신의 상태를 가리키는 것이라면 당신은 이를 어떻게 이해해야 할지 잘 모르겠다고 말한다. 혼자라고 믿는 것과 이와 반대로 혼자가 되는 것을 당신이 헷갈리는 상태에 있다며, 당신은 덧붙인다: 당신과 함께 있는 것처럼 말이죠.

그런 다음 한밤중에 여자가 다시 한번 묻는다: 지금이 일 년 중 어느 계절이죠?

당신이 말한다: 겨울이 오기 전, 아직 가을이에요.

여자가 다시 묻는다: 이 소리는 뭐지요?

당신이 말한다: 바다예요.

여자가 묻는다: 바다는 어디 있나요?

당신이 말한다: 저기, 방 벽 뒤에요.

여자는 다시 잠든다.

젊다, 여자는 젊었으리라. 여자의 옷가지에, 여자의 머리칼에 어떤 냄새가 고여 있는 것 같아서, 당신은 그 냄새가 뭔지 알아내려 하리라, 그렇게 하리라는 사실을 마치 당신이 알고 있듯이, 마침내 당신은 이 냄새에 이름을 붙이게 되리라. 당신은 말하리라: 헬리오트로프와 시트론 향이네요. 여자가 대답한다: 당신 마음대로군요.

어느 날 저녁 당신은, 예정대로, 그것을 하고, 여자의 벌어진 두 다리 상부에, 여자가 열리는 바로 그곳에, 여자 몸의 벌써 축축해진 곳에, 여자의 성기에, 제 얼굴을 대고, 잠이 든다. 여자는 당신이 그러도록 놔둔다.

어느 날 저녁, 무심코, 당신은 여자에게 희열을 준다 그리고 여자는 소리를 지른다.

당신은 소리를 지르지 말라고 여자에게 말한다. 여자는 더는 소리를 지르지 않겠다고 말한다.

여자는 더는 소리를 지르지 않는다.

이제부터 그 어떤 여자도 당신으로 인해 소리를 지르지 않을 것이다.

어쩌면 그때까지 당신이 전혀 모르던 어떤 쾌락을 당신이 여자에게서 취하는 것인지도 모른다, 나는 알지 못한다. 마찬가지로 나는 당신이 여자의 숨결을 통해, 그녀의 입에서 외부의 공기에 이르기까지 뱉어내고 들이마시기를 반복하는, 아주 부드러운 저 헐떡거림을 통해, 여자의 희열에서 비롯된 희미하고도 아득한 신음 같은 것을 느끼고 있는지도 더는 알지 못한다. 나는 그럴 거라고 생각하지 않는다.

여자가 두 눈을 뜬다, 여자가 말한다: 정말 행복해요.

당신은 여자가 말을 하지 못하도록 손을 들어 여자의 입을 막는다, 당신은 여자에게 그런 건 말하는 게 아니라고 말한다.

여자가 두 눈을 감는다.

여자는 이제 그런 건 더는 말하지 않겠다고 말한다.

여자는 그들은, 그들이라면 그런 걸 말하는지 묻는다. 당신은 그러지 않는다고 말한다.

여자는 그들은 무엇에 대해 말하냐고 묻는다. 당신은

나머지 모든 것에 대해 그들이 말한다고, 그것만 제외한,
모든 것에 대해 그들이 말한다고 말한다.

여자는 웃는다, 여자는 다시 잠이 든다.

가끔씩 당신은 침대 주위나 바다 쪽 벽을 따라 방안을 걸어다닌다.

　가끔씩 당신은 운다.

　가끔씩 당신은 냉기가 움터오기 시작한 테라스로 나간다.

　당신은 침대에 있는 저 여인의 잠이 무엇을 간직하고 있는지 알지 못한다.

　당신은 이 몸에서 떠나기를 원하리라, 당신은 다른 이들의 몸으로, 당신의 몸으로 되돌아오기를, 당신 자신에게로 되돌아오기를 원하리라, 그런 동시에 당신이 우는 것은 그것을 해야 하기 때문이다.

여자가, 방안에서, 여자가 잠을 자고 있다. 여자가 잠을 자고 있다. 당신은 여자를 깨우지 않는다. 여자의 잠이 길어질수록 방안에서는 불행이 자라난다. 당신은 한번 여자의 침대 발치 바닥에서 잠을 잔다.

여자는 항상 고른 잠에 빠져 있다. 어찌나 잘 자는지 여자에게 웃음을 짓는 일도 일어난다. 여자는 오로지 당신이 몸을, 젖가슴을, 두 눈을 만질 때만 잠에서 깨어날 뿐이다. 바람 소리인지 밀물 소리인지 당신에게 물어보려 할 때 외에도, 여자는 까닭 없이 잠에서 깨어나기도 한다.

여자가 깨어난다. 여자가 당신을 바라본다. 여자가 말한다: 병이 점점 당신에게 번지고 있어요, 병이 당신의 두 눈, 당신의 목소리로 번졌어요.

당신이 묻는다: 무슨 병 말이지요?

여자는 그걸 무어라고 말해야 할지 아직 아는 것은 아니라고 말한다.

밤마다 당신은 여자의 성기 저 어둠 속으로 들어간다, 그런 사실을 거의 알지 못한 채 당신은 이 눈먼 길을 취한다. 때때로 당신은 거기에 머문다, 여자나 당신이 무심코 움직인 덕분에, 여자를 한번 더 취하고 싶은 욕망이 당신을 찾아와, 여자를 다시 채우고, 늘 그랬듯 눈물로 두 눈이 먼 것처럼 오로지 희열의 기쁨만을 여자 안에서 느낄 때를 대비하여, 당신은, 여자 안에서, 잠을 잔다.

여자는, 동의하건 그렇지 않건, 항상 준비되어 있으리라. 이 점에 관해서라면 당신은 절대로 무엇 하나 정확히 알 수 없으리라. 여자는 지금까지 당신에게 명백히 드러난 온갖 외적인 사실들보다 훨씬 더 신비롭다.

　마찬가지로 세상과 당신을, 당신의 육체와 정신을, 여자의 말에 따르면 당신이 걸렸다는 그 병을 여자가 어떻게 보고 있는지, 어떻게 생각하는지 역시, 당신은 물론, 당신이나 그 누구라도, 무엇 하나 절대로 알지 못하리라. 여자 자신조차 알지 못한다. 여자는 당신에게 그것을 어떻게 말해야 할지 모르리라, 당신은 여자로부터 그것에 대해 무엇 하나 알아낼 수 없으리라.

　당신은 물론, 당신이나 그 누구도, 당신에 관해, 이런 이야기에 관해 여자가 생각하는 바에 대하여, 무엇 하나 절대로 알지 못하리라. 당신이라는 존재가 몇 세기에 걸쳐 아무리 망각으로 뒤덮일지라도, 그 누구도 그걸 알지 못하리라. 여자, 그 여자도 그것을 알지 못한다.

당신이 여자에 대해 아무것도 알지 못하기 때문에, 여자도 당신에 대해 아무것도 아는 게 없다고 당신은 말하리라. 당신은 그 정도에 만족하리라.

여자는 키가 컸으리라. 여자의 몸은 길쭉했으리라, 마치 신께서 친히, 단 한 번의 손길로, 지워질 수 없는 개성을 부여하여 완벽하게 한 번에 빚어낸 주조물처럼.

여자는 사실은 누구도 닮지 않았으리라.

몸은 어떤 방어도 하지 않는다, 몸은 얼굴부터 발끝까지 매끄럽다. 몸은 목 조르기, 강간, 학대, 욕설, 증오에 찬 고함, 치명적인, 정념에 고취된 폭발을 불러일으킨다.

당신은 여자를 바라본다.

여자는 매우 날씬하고, 가늘다 할 정도다, 여자의 두 다리는 몸의 아름다움과 나누어 갖지 않는 어떤 아름다움을 지니고 있다. 여자의 두 다리는 실제로 몸의 나머지 부분에서 이식되지 않았다.

당신이 여자에게 말한다: 당신은 정말로 아름다울 것 같아요.

여자가 말한다: 저는 여기 있어요, 보세요, 저는 당신 앞에 있어요.

당신이 말한다: 아무것도 보이지 않아요.

여자가 말한다: 보려고 해봐요, 그것도 당신이 치른 값에 포함되어 있어요.

당신은 몸을 붙잡는다, 당신은 몸의 여러 부분을 바라본다, 당신은 몸을 돌린다, 당신은 몸을 한번 더 돌린다, 당신은 몸을 바라본다, 당신은 몸을 한번 더 바라본다.

당신은 그만둔다.

당신은 그만둔다. 당신은 몸을 만지는 것을 멈춘다.

그날 밤까지 당신은 두 눈이 보는 것에, 두 손이 만지는 것에, 몸이 만지는 것에 어떻게 무지할 수 있는지 이해하지 못했었다. 당신은 이런 무지를 깨닫는다.

당신이 말한다: 아무것도 보이지 않아요.

여자는 대답하지 않는다.

여자는 잠을 잔다.

당신은 여자를 깨운다. 당신은 혹시 그녀가 창녀인지 물어본다. 여자는 아니라고 고개를 젓는다.

당신은 왜 여자가 돈을 받고 여러 밤의 계약을 수락했는지 여자에게 묻는다.

여자는 여전히 졸음에 겨운, 들릴까 말까 한 목소리로 대답한다: 당신이 제게 말을 걸어오자마자 당신이 죽음의 병에 걸린 걸 보았기 때문이에요. 처음 며칠간 저는 이 병에 어떤 이름을 붙여야 할지 몰랐어요. 그런 다음 곧이어 그렇게 할 수 있었어요.

당신은 여자에게 낱말들을 반복해보라고 부탁한다. 여자는 그렇게 한다, 낱말들을 반복한다: 죽음의 병.

당신은 여자가 그것을 어떻게 아느냐고 여자에게 묻는다. 여자는 그냥 안다고 말한다. 여자는 다들 어떻게 아는지 알지 못한 채 그걸 안다고 말한다.

당신은 여자에게 묻는다: 죽음의 병이 어떤 점에서 치명적이지요? 여자가 대답한다: 이 병이 죽음을 가져온다는 사실을 병에 걸린 사람은 알지 못한다는 점에서요. 또

한 죽기 전에 삶을 가져보지 못한 채, 어떤 삶도 없이 죽는다는 걸 전혀 알지 못한 채, 그 사람이 죽으리라는 점에서요.

두 눈은 늘 감겨 있다. 까마득한 옛날부터 쌓여온 피곤으로 여자가 휴식을 취하는 것이리라. 여자가 잠을 잘 때 당신은 여자의 두 눈이 무슨 색깔인지, 마찬가지로 첫날밤 당신이 여자에게 붙여준 이름이 무엇인지 잊어버렸다. 그러자 당신은 눈의 색깔이 여자와 당신 사이에 놓인 영원히 넘을 수 없는 경계는 아닐 거라는 사실을 깨닫는다. 아니다, 그것은 눈의 색깔이 아니다, 당신은 그 색깔이 초록과 회색의 중간 어딘가에 해당되리라는 사실을 알고 있다, 아니다, 그것은 색깔이 아니라, 시선이다.

　시선.

　당신은 여자가 당신을 바라보고 있다는 사실을 깨닫는다.

　당신은 소리를 지른다. 여자는 벽 쪽으로 돌아눕는다.

　여자가 말한다: 이제 곧 끝날 거예요, 두려워하지 말아요.

당신은 한 팔로 여자를 들어올려 당신 품에 안는다 여자는 너무나도 가볍다. 당신은 바라본다.

야릇하게도 젖꼭지는 갈색이고, 젖꼭지 주위는 검다시피하다. 당신은 그걸 먹어치우듯 문다, 당신은 그걸 마시듯 빤다, 그리고 여자의 몸에서 아무것도 반발하지 않는다, 여자는 하게 내버려둔다, 여자는 내버려둔다. 어쩌면 당신은 어느 순간 다시 소리를 지를 것이다. 당신은 한번 더 여자에게 낱말 하나를, 당신의 이름을 알려줄 낱말, 오로지 그 낱말 하나를 발음해보라고 말한다, 당신은 여자에게 그 낱말, 그 이름을 알려준다. 여자는 대답하지 않는다, 그러자 당신은 다시 소리를 지른다. 그러자 그때 여자는 미소를 짓는다. 그러자 그때 당신은 여자가 살아 있다는 사실을 알게 된다.

미소가 사라진다. 여자는 이름을 말하지 않았다.

당신은 다시 바라본다. 얼굴은 잠에 빠져 있다, 얼굴은 말을 잃었다, 얼굴은 두 손처럼 잠을 잔다. 하지만 정신은 여전히 몸의 표면 위로 나타난다, 정신은 몸을 샅샅이 뒤지며 돌아다니고, 그 결과 몸의 부분들 각각은, 두 눈과 같은 저 손을, 얼굴과 같은 볼록한 저 복부를, 성기와 같은 저 젖가슴을, 양팔과 같은 두 다리를, 호흡을, 심장을, 관자놀이를, 시간과 같은 관자놀이를, 자신의 총체를 홀로 증명해낸다.

당신은 검은 바다를 마주한 테라스로 되돌아간다.

당신 안에는 당신이 그 까닭을 알지 못하는 흐느낌이 있다. 마치 당신의 외부에 있기라도 한 것처럼, 그것은 당신 주위에 단단히 고여 있어, 당신이 울음을 터트릴 수 있도록 당신과 합쳐질 수가 없다. 검은 바다를 마주한, 여자가 잠들어 있는 방 벽에 기대어, 당신은 어느 낯선 사람이라면 그렇게 할 듯 당신 자신을 위해 운다.

당신은 방으로 들어온다. 여자는 자고 있다. 당신은 이해하지 못한다. 여자는 침대의 자기 자리에서, 벌거벗은 채, 잠을 자고 있다. 당신은 어떻게 여자가 당신의 울음에 대해 무지할 수 있는지, 어떻게 여자가 당신으로부터 스스로를 보호할 수 있는지, 어떻게 여자가 이 세상을 통째로 채우는 것에 그토록 무지할 수 있는지, 그런 게 어떻게 가능한지 이해하지 못한다.

당신은 여자 곁에 길게 눕는다. 당신은 늘 당신 자신을 위해서 운다.

그러자 새벽 언저리다. 그러자 확실하지 않은 색깔의 어두컴컴한 빛이 방안에 스며들기 시작한다. 그러자 당신은 여자를 보기 위해 불을 켠다. 그녀를 보기 위해, 그 여자를. 당신이 단 한 번도 알지 못했던 것을, 감추어진 성기를 보기 위해, 삼킨 다음 머금고 있는 그것을 보기 위해, 모습을 드러내지 않은 채 그렇게 하고 있는 것을 보기 위해, 졸음으로 다시 닫힌 그것을, 잠을 자면서, 보기 위해. 또 머리카락의 언저리에서부터, 제 무게를 이기지 못해 팔을 잇는 부분에 매달려 있는 저 젖가슴이 시작되는 부분에 이르기까지, 그리고 감긴 눈꺼풀과 살짝 벌어진 창백한 입술에 이르기까지, 여자 위로 넓게 퍼져나간 주근깨들을 보기 위해서. 당신은 속으로 말한다: 여름 햇살의 자리들, 보이도록 주어진, 드러난 자리들.

　　여자는 잠을 자고 있다.

　　당신은 불을 끈다.

　　날이 거의 밝아온다.

여전히 새벽 언저리다. 하늘의 공간들만큼이나 광막한 시간이다. 이건 지나치다, 시간은 어디로 흘러야 할지 제 갈 길을 더는 찾지 못한다. 시간이 더는 흐르지 않는다. 당신은 여자가 죽게 될 거라고 속으로 말한다. 당신은 한밤중 지금 이 시간에 여자가 죽게 된다면, 그게 더 쉬울 거라고, 속으로 말한다, 당신은 분명 이렇게 말하려 한다: 당신에게는, 이라고. 하지만 당신은 당신의 문장을 이렇게 끝마치지는 않는다.

당신은 차오르기 시작하는 파도 소리에 귀를 기울인다. 이 낯선 여인은 침대의 거기, 자기 자리에, 하얀 시트의 하얀 웅덩이 속에 있다. 이 백색이 여자의 형체를 더 어둡게, 삶에서 느닷없이 버림받은 동물의 명백함보다 더욱 명백하게, 죽음의 그것보다 더욱 명백하게 만든다.

당신은 이 형체를 바라본다, 거기서 당신은 가공할 만한 힘을, 가증스러운 가냘픔을, 연약함을, 비할 바 없는 연약함이 지닌 불굴의 힘을 동시에 발견한다.

당신은 방을 떠나온다, 당신은 여자의 체취에서 멀어져, 바다를 마주한 테라스로 되돌아간다.

가랑비가 내린다, 빛이 엷어진 하늘 아래 바다는 여전히 검다. 파도 소리가 당신에게 들려온다. 검은 물이 계속 차오른다, 검은 물이 점점 가까워진다. 검은 물이 일렁인다. 검은 물은 움직임을 멈추지 않는다. 길고 하얀 파도의 칼날들이 검은 물을 가로지르고, 파도의 순백색이 부서지며 일으키는 소란 속으로 떨어지고 있는 긴 물결 하나. 검은 바다는 강하다. 멀리 폭풍우가 일고 있다, 밤이면 자주 있는 일이다. 당신은 오래도록 바라본다.

검은 바다가 다른 무언가를, 당신과 침대의 저 어두운 형체를 대신하여, 일렁이고 있다는 생각이 당신을 찾아온다.

당신은 당신의 문장을 끝마친다. 만약 한밤중 지금 이 시간에 여자가 죽어야 한다면, 당신에게는 세상의 표면에서 여자를 사라지게 하는 것이, 검은 물에 여자를 던져버리는 것이 더 쉬우리라고, 헬리오트로프와 시트론의 저

역한 냄새가 침대에 남지 않도록 이 정도 무게의 몸을 차오르는 바다에 던져버리는 데는 몇 분이면 충분하리라고 당신은 생각한다.

당신은 한번 더 방으로 돌아온다. 여자는 거기 있다, 자기만의 고유한 어둠 속에, 자신의 장엄함 속에 버려진 채, 자고 있다.

당신은 여자가, 말하자면, 어느 순간에나 여자 자신의 욕망에 따라, 여자의 몸이 살기를 그칠 수 있을, 여자의 주위로 그 몸이 흩어지게 할 수 있을, 당신의 눈앞에서 사라지게 할 수 있을, 그런 방식으로 만들어졌다는 사실을, 바로 이와 같은 위험 속에서 여자가 잠을 자고 있다는 사실을, 당신에 의해 여자가 알몸으로 노출된다는 사실을 깨닫는다. 바다가 아주 가깝고, 황량하며, 여전히 아주 검어서, 여자는 위험을 초래하며, 이 위험 속에서 여자가 잠을 자고 있다는 사실을.

그 몸 주변, 방. 어쩌면 당신의 독방이리라. 이 방은 여자, 한 여인에 의해 살아졌다. 당신은 방을 이제 더는 알아보지 못한다. 방은 생명이 비워졌다, 방은 당신 없이 있다, 방은 당신과 비슷한 존재 없이 있다. 침대 위 낯선 형체의 말랑말랑하고 길쭉한 주조물만이 방을 차지하고 있다.

여자가 뒤척인다, 두 눈은 반쯤 열려 있다. 여자가 묻는다: 값을 치른 밤이 아직 얼마나 남았나요? 당신이 말한다: 사흘 밤.

여자가 묻는다: 당신은 한 번도 여자를 사랑해본 적이 없나요? 당신은 그렇다고, 한 번도 없다고 말한다.

여자가 묻는다: 당신은 한 번도 여자를 욕망해본 적이 없나요? 당신은 그렇다고, 한 번도 없다고 말한다.

여자가 묻는다: 단 한 번도, 한순간도요? 당신은 그렇다고, 단 한 번도 없다고 말한다.

여자가 말한다: 단 한 번도요? 단 한 번도요? 당신이 반복한다: 단 한 번도.

여자가 미소를 짓는다, 여자가 말한다: 신기하네요, 죽은 사람은.

여자가 말을 잇는다: 여자를 바라보는 건요, 당신은 여자를 바라본 적이 단 한 번도 없나요? 당신은 그렇다고, 단 한 번도 없다고 말한다.

여자가 묻는다: 당신은 무얼 바라보나요? 당신은 말한

다: 나머지 모든 것.

여자는 기지개를 켠다, 여자는 입을 다문다. 여자는 미소를 짓는다, 여자는 다시 잠이 든다.

당신은 방으로 되돌아온다. 여자는 시트의 하얀 웅덩이 속에서 움직이지 않았다. 당신은 그것과 비슷한 것들을 통해서도, 그것 자체를 통해서도, 단 한 번도 들어가본 적이 없었던 이 웅덩이를 바라보고 있다.

당신은 수세기 전부터 의혹의 대상이 되어왔던 형체를 바라보고 있다. 당신은 그만둔다.

당신은 더는 바라보지 않는다. 당신은 그 무엇도 더는 바라보지 않는다. 당신은 당신의 차이 속에서, 당신의 죽음 속에서 당신 자신을 되찾으려고 두 눈을 감는다.

당신이 눈을 뜨자, 여자가 거기 있다, 내내, 여자는 여전히 거기 있다.

당신은 낯선 몸으로 되돌아온다. 몸은 잠을 자고 있다.

당신은 당신 삶의 병, 죽음의 병을 바라본다. 당신은 여자 위에서, 여자의 잠든 몸 위에서 그것을 바라본다. 당신은 몸의 곳곳을 바라본다, 당신은 얼굴을, 젖가슴을, 그녀 성기의 뒤섞여 있는 곳을 바라본다.

당신은 심장이 있는 곳을 바라본다. 당신은 박동 소리가 다르다고, 좀더 아득하다고 생각한다, 이런 단어가 당신을 찾아온다: 좀더 낯설다고. 그것은 규칙적이다, 그것은 단 한 번도 멈추지 않을 것처럼 보이리라. 당신은 여자의 몸이라는 대상에 당신의 몸을 밀착시킨다. 여자의 몸은 미지근하다, 여자의 몸은 싱싱하다. 여자는 늘 살아 있다. 여자가 살아 있는 동안 여자는 살인을 불러일으킨다.

당신은 어떻게 여자를 죽일지, 누가 여자를 죽일지 당신 자신에게 묻는다. 당신은 그 무엇도, 그 누구도 사랑하지 않는다, 심지어 당신이 체험하고 있다고 생각하는 차이조차도 당신은 사랑하지 않는다. 당신은 오로지 죽은 자들의 육체가 지닌 우아함, 당신과 비슷한 사람들이 지닌 그것만을 알고 있다. 죽은 자들의 육체가 지닌 이 우아함과 단 한 번의 몸짓으로도 부수어버릴 수 있을 극도의 연약함에서 생겨나 여기에 현존하는 우아함, 이 고귀한 위엄 사이의 차이가 갑자기 당신에게 나타난다.

당신은 죽음의 병이 피어나는 곳이 바로 여기, 여자 안이라는 사실을, 당신 앞에 펼쳐진 여자의 형체가 죽음의 병을 선언한다는 사실을 깨닫는다.

반쯤 벌어진 입에서 숨결이 하나 새어나오고, 돌아오고, 다시 빠져나가고, 한번 더 돌아온다. 육신이라는 기계는 놀라울 만큼 정확하다. 여자 위로 몸을 숙이고, 꿈쩍하지 않은 채, 당신은 여자를 바라본다. 당신은 당신이 원하는 방식으로, 가장 위험한 방식으로 여자를 마음대로 다룰 수 있으리라는 사실을 알고 있다. 당신은 그렇게 하지 않는다. 반대로 당신은 행복의 위험을 무릅쓰기라도 한 듯 아주 부드럽게 그 몸을 어루만진다. 당신의 손은 여자의 성기 위, 갈라져 있는 음순 사이에 놓인다, 손이 어루만지는 곳은 바로 여기다. 당신은 음순의 벌어진 틈과 이 틈을 둘러싼, 몸 전체를 바라본다. 당신에겐 아무것도 보이지 않는다.

당신은, 할 수 있는 한, 한 여자의 모든 걸 보려 한다. 당신은 이것이 당신에게 불가능한 거라고 생각하지 않는다.

당신은 닫힌 형체를 바라본다.

당신은 먼저 가벼운 떨림이, 정확히는 고통의 떨림과도 같은 그것이 피부 위로 나타나는 것을 본다. 그런 다음 곧

이어 두 눈이 무언가를 보고 싶어하는 듯 눈꺼풀이 떨리는 것을 본다. 그런 다음 곧이어 입이 말하고 싶어하는 듯 열리는 것을 본다. 그런 다음 곧이어 성기의 음순이 당신의 애무로 부풀어오르고 음순의 부드러운 곳에서 피와 같다 할 끈적하고 뜨거운 물이 나오는 것을 당신은 느낀다. 그러자 당신은 더 빨리 애무하기 시작한다. 당신의 손을 좀더 편하게 해주려고, 당신이 애무를 더 잘할 수 있게 해주려고, 가랑이가 벌어지고 있는 것을 당신은 느낀다.

그리고 갑자기, 어떤 신음 속에서, 당신은 희열이 여자에게 당도하는 것을, 여자를 오롯이 사로잡는 것을, 여자를 침대에서 들리게 하는 것을 본다. 당신은 방금 당신이 육체에 행한 것을 아주 강렬하게 바라본다. 당신은 곧이어 그 몸이 침대의 백색 위로, 힘을 잃은 채, 다시 쓰러지는 것을 본다. 사이를 두고 점점 뜸해지는 격한 떨림 속에서 몸이 가쁜 숨을 뱉는다. 그런 다음 두 눈이 다시 한번 감기고, 그런 다음 두 눈이 다시 한번 얼굴에서 굳게 닫힌다. 그런 다음 두 눈이 열린다, 그런 다음 두 눈이 감긴다.

두 눈이 감긴다.

당신은 전부 다 지켜보았다. 이윽고 당신 차례가 되자 당신도 두 눈을 감는다. 당신도, 여자처럼, 그렇게 오래도록 두 눈을 감고 있다.

당신은 당신의 방 밖에 있는, 도시의 거리들을, 기차역 옆에서 조금 떨어진 자그마한 광장들을 생각한다. 서로 비슷한 겨울의 저 수많은 토요일에 대해서도.

그런 다음 당신은 다가오는 소리에 귀를 기울인다, 당신은 바다에 귀를 기울인다.

당신은 바다에 귀를 기울인다. 바다는 방의 벽 아주 가까이에 있다. 창문 너머로 보이는, 늘 색이 바랜 저 빛, 하늘을 점령하는 하루의 저 느림, 늘 검은 바다, 잠을 자고 있는 몸, 방의 낯선 여인.

그런 다음 당신은 그것을 한다. 당신이 왜 그것을 하려고 하는지 나는 말할 수 없으리라. 당신이 알지 못한 채 그것을 한다고 나는 생각한다. 당신은 방을 나갈 수도, 저 잠든 형체를, 몸을 떠나갈 수도 있으리라. 하지만 그렇지 않다, 당신은, 마치 전혀 다른 사람이 그것을 하듯, 여자에게서 당신을 갈라놓는, 완전한 차이를 가지고, 그것을 한다. 당신은 그것을 한다, 당신은 몸으로 돌아온다.

당신은 당신의 몸으로 여자의 몸을 완전히 뒤덮는다, 당신은 당신의 힘이 여자의 몸을 으스러뜨리지 않게, 여자의 몸을 죽이는 것을 피할 수 있게, 당신 쪽으로 그 몸을 도로 데려온다, 그런 다음 곧이어 당신은 그것을 한다, 당신은 밤의 숙소로 돌아온다, 당신은 거기에 파묻힌다.

당신은 여전히 이 거처에 머무르고 있다. 당신은 다시

운다. 당신은 당신이 알지 못하는 무언가를 안다고 생각한다, 당신은 이 앎의 끝에 완전히 이르지는 못한다, 당신은 오로지 당신 혼자만이 세상의 불행을 떠안은 모습을 하고 있다고, 어떤 특별한 운명을 떠안은 모습을 하고 있다고 생각한다. 당신은 지금 벌어지고 있는 이 사건의 왕이라고 생각한다, 당신은 그런 것이 존재한다고 생각한다.

여자는 자고 있다, 죽이고 싶을 만큼, 입술에 미소를 띤 채.

당신은 아직도 여자의 몸 저 거처에 있다.

여자는 잠을 자는 동안에도 당신으로 채워져 있다. 가볍게 내질러진 떨림이 이 몸을 두루 돌아다니며 점점 또렷해진다. 여자는 한 남자로, 당신으로, 아니면 다른 남자로, 아니면 또다른 남자로 채워지는 꿈을 꾸며 행복에 빠진다.

당신은 운다.

울음이 여자를 깨운다. 여자는 당신을 바라본다. 여자는 방을 바라본다. 그리고 여자는 다시 당신을 바라본다. 여자는 당신의 손을 어루만진다. 여자가 묻는다: 왜 울어요? 당신은 당신이 왜 우는지 말해주어야 하는 사람도, 그것을 알고 있어야 마땅한 사람도 여자라고 말한다.

여자는, 낮은 목소리로, 부드럽게 대답한다: 당신이 사랑하지 않기 때문이에요. 당신은 바로 그것이라고 대답한다.

여자는 그걸 그녀에게 또박또박 말해보라고 당신에게 요구한다. 당신은 여자에게 그걸 말한다: 나는 사랑하지 않아요.

여자가 말한다: 단 한 번도요?

당신이 말한다: 단 한 번도요.

여자가 말한다: 모든 종류의 법규를, 도덕의 온갖 지배를 거스르며, 연인을 죽이려 하는, 당신을 위해 연인을 간직하려 하는, 오로지 당신 혼자만을 위해, 연인을 취하려 하는, 연인을 훔치려 하는 지경에까지 이르는 그런 욕망,

당신은 그걸 알지 못해요, 당신은 단 한 번도 이런 욕망을
가져본 적이 없지요?

당신이 말한다: 단 한 번도 없어요.

여자는 당신을 바라본다, 여자가 반복한다: 신기하네
요, 죽은 사람은.

여자는 당신에게 바다를 보았냐고 묻는다, 여자는 당신에게 날이 밝았느냐고, 환해졌냐고 묻는다.

당신은 날이 밝고 있다고, 그러나 일 년 중 지금 같은 시기에는 빛이 하늘을 아주 더디게 점령해간다고 말한다.

여자는 당신에게 바다의 색깔을 물어본다.

당신은 말한다: 검어요.

여자는 바다는 절대로 검지 않다고, 당신이 잘못 알고 있는 게 분명하다고 대답한다.

당신은 여자에게 당신이 사랑받을 수 있을 거라고 생각하는지 묻는다.

여자는 어떤 경우에도 그럴 수 없을 거라고 말한다. 당신은 여자에게 묻는다: 죽음 때문에요? 여자가 말한다: 그래요, 당신의 감정이 무미건조하기 때문에, 꿈쩍하지도 하지 않기 때문에, 바다가 검다고 말하는 그 거짓말 때문에요.

그런 다음 여자는 입을 다문다.

당신은 여자가 다시 잠들어버리지 않을까 두려워한다, 당신은 여자를 깨운다, 당신은 여자에게 말한다: 더 말해 줘요. 여자가 당신에게 말한다: 그럼 제게 질문을 해보세요, 제가 할 순 없으니까요. 당신은 누군가 당신을 사랑할 수 있을지 재차 묻는다. 여자는 여전히 이렇게 대답한다: 아니요.

여자는 방금 전 당신이 테라스에서 돌아왔을 때, 당신은 여자를 죽이고 싶은 욕망에 시달렸다고, 당신이 그랬다는 걸 여자는 당신이 두번째로 방으로 들어왔을 때, 여자 위로 드리워진 당신의 시선 때문에 자는 동안에도 알아차렸다고 말한다. 여자는 당신에게 그 이유를 말해보라고 요구한다.

당신은 여자에게 당신 자신도 그 이유를 알 수 없다고, 당신 자신의 병을 이해하지 못하고 있다고 말한다.

여자는 미소를 짓는다, 여자는 이번이 처음이라고, 당신을 만나기 전에는 죽음이 살아질 수 있다는 사실을 알지 못했다고 말한다.

여자는 눈동자를 통해 걸러진 초록 너머로 당신을 바라본다. 여자가 말한다: 당신은 죽음의 지배를 예고하지요. 죽음이 당신에게 외부에서 강요된 것이라면, 죽음을 사랑할 수는 없어요. 당신은 사랑하지 않아서 운다고 생각하지요. 당신은 죽음을 강요할 수 없어 우는 거지요.

여자는 벌써 잠에 빠져 있다. 여자는 당신에게 알아들을까 말까 한 목소리로 말한다: 당신은 죽음으로 인해 죽게 될 거예요. 당신의 죽음은 벌써 시작되었어요.

당신은 운다. 여자가 당신에게 말한다: 울지 마세요, 그럴 필요 없어요, 자기 자신을 위해 우는 습관은 버리세요, 그럴 필요 없어요.

느끼지 못하는 사이 방은 햇빛으로 밝아지지만, 여전히 어둡다.

여자는 두 눈을 뜬다, 여자는 두 눈을 도로 감는다. 여자가 말한다: 값을 치른 밤이 아직 이틀 남았네요, 이제 곧 끝날 거예요. 여자는 미소를 짓더니 당신의 두 눈을 제 손으로 어루만진다. 여자는 잠을 자면서도 놀린다.

당신은 당신이 원하는 대로 이 세상에 혼자인 것처럼, 계속 말한다. 당신은 사랑이 항상 당신에게서 비껴난 것처럼 보였다고, 단 한 번도 이해해본 적이 없었으며, 사랑하기를 항상 피하곤 했다고, 당신은 사랑하지 않음으로써 자유로워지길 늘 바라왔다고 말한다. 당신은 당신이 가망이 없다고 말한다. 당신이 무엇에 쓸모가 있는지, 어디로 몰락했는지 당신은 알지 못한다고 말한다.

여자는 듣지 않는다, 여자는 잠을 자고 있다.

당신은 어떤 아이에 관한 이야기를 들려준다.

창가에 날이 밝아온다.

여자는 두 눈을 뜬다, 여자가 말한다: 이제 더는 거짓말

을 하지 마세요. 여자는 당신, 당신이 알고 있는 방식으로
는, 이 세상의 어떤 것도 알고 싶지 않다고 말한다. 여자
가 말한다: 당신 삶의 매 낮, 매 밤과 똑같은, 치유할 수 없
는 이 단조로움, 죽음에서 오는 이 확신과 함께, 사랑하기
의 결여라는 이 필멸의 작용과 함께, 당신, 당신이 알고 있
는 방식으로는, 저는 아무것도 알고 싶지 않아요.

여자가 말한다: 날이 밝았어요, 당신만 빼놓고, 이제 곧
모든 것이 시작되겠지요. 당신, 당신은 절대로 시작되지
않아요.

여자가 다시 잠든다. 당신은 왜 잠을 자느냐고, 얼마나
피곤하기에 이렇게 엄청난 휴식을 취해야만 하느냐고 여
자에게 묻는다. 여자는 손을 들어 다시 한번 당신의 얼굴
을, 어쩌면 입을 어루만진다. 여자는 잠을 자면서 여전히
놀린다. 여자가 말한다: 당신이 질문을 하는 한 당신은 이
해할 수 없어요. 여자는 그런 식으로, 죽음으로부터, 마찬
가지로 당신으로부터 휴식을 취한다고 말한다.

당신은 아이 이야기를 계속한다, 당신은 외치듯 큰 소리

로 이야기한다. 당신은 아이의, 당신의 이야기를 당신이 모두 알고 있는 것은 아니라고 말한다. 당신은 누군가가 이 이야기를 말하는 걸 당신이 들은 적이 있다고 말한다. 여자는 미소를 짓는다, 여자는 자기도 이 이야기를 들은 적이 있다고, 여기저기, 수많은 책에서 수없이 읽었다고 말한다. 당신은 사랑하는 감정이 어떻게 불시에 생겨날 수 있느냐고 묻는다. 여자가 당신에게 대답한다: 어쩌면 우주의 논리에 갑작스레 끼어든 어떤 균열 같은 것에서요. 여자가 말한다: 예를 들어, 어떤 실수 같은 것에서요. 여자가 말한다: 의지 같은 것에서는 절대로 생겨나지 않지요. 당신이 묻는다: 사랑하는 감정이 다른 것에서도 불시에 생겨날 수 있을까요? 당신은 말해달라고 여자에게 애원한다. 여자가 말한다: 모든 것에서요, 저 밤새鳥의 비행에서, 어떤 잠에서, 잠 속의 어떤 꿈에서, 다가오는 죽음에서, 어떤 낱말에서, 어떤 죄악에서, 스스로, 저절로, 어떻게 생겨나는지 모른 채 갑자기. 여자가 말한다: 보세요. 여자는 다리를 벌린다, 그리고 당신은 여자의 벌어진 두 다리 사이 움푹 파인 곳에서 마침내 검은 밤을 본다. 당신은 말한다: 여기였어요, 검은 밤, 여기예요.

여자가 말한다: 오세요. 당신은 다가간다. 여자 안으로 들어간 당신은, 다시 운다. 여자가 말한다: 이젠 울지 말아요. 여자가 말한다: 그것이 치러졌을 수 있게끔 저를 어서 가지세요.

당신은 그것을 한다, 당신은 갖는다.

그것이 치러졌다.

여자는 다시 잠을 잔다.

어느 날 여자는 이제 거기에 있지 않다. 당신은 잠에서 깨어난다 그리고 여자는 이제 거기에 있지 않다. 여자는 밤에 떠났다. 몸의 흔적이 시트에 아직 남아 있다, 흔적이 차갑다.

오늘은 여명이 비친다. 해는 아직 뜨지 않았으나, 하늘 한복판에서 대지 위로, 짙게, 어둠이 여전히 깔리고 있는 동안, 하늘의 가장자리는 벌써 환하다.

방안에는 오직 당신 혼자뿐 이제 아무것도 없다. 여자의 몸은 사라졌다. 그 몸의 갑작스러운 부재로 여자와 당신 사이의 차이가 확실해진다.

저멀리, 해변에서, 갈매기들이 끝나가는 어둠 속에 울부짖고 있으리라, 썰물이 빠져나간 모래사장을 파헤치며, 갈매기들이 갯벌의 지렁이로 제 배를 벌써 채우기 시작했으리라. 어둠 속, 굶주린 갈매기들의 미친 듯한 울부짖음, 당신은 돌연 그런 소리를 단 한 번도 들어본 적이 없는 것만 같다.

여자는 이제 다시는 돌아오지 않으리라.

여자가 떠난 날 저녁 무렵, 어떤 바에서, 당신은 이 이야기를 한다. 당신은 그것을 하는 게 가능했던 것처럼 우선 이야기를 시작한다, 조금 지나 당신은 포기한다. 그러고는 당신은 웃음을 지으며 이런 이야기는 실제로 일어나는 게 불가능했다는 듯이 혹은 당신이 이 이야기를 지어내는 게 가능하기라도 했던 것처럼 이야기한다.

다음날, 불현듯, 어쩌면 당신은 방에서 여자의 부재를 눈여겨보게 되리라. 다음날, 어쩌면 당신은 당신 고독의 낯섦 속에서, 당신에게 모르는 여인처럼 남겨진 고독한 상태에서, 여자를 다시 보고 싶은 욕망을 느끼리라.

당신은 어쩌면 당신의 방 밖에서, 여기저기 해변에서, 수많은 테라스에서, 저 거리와 거리에서 여자를 찾으려 하리라. 그러나 당신이 한낮의 햇살 아래서는 그 누구도 알아보지 못하기에 당신은 여자를 찾을 수 없으리라. 당신은 여자를 알아보지 못하리라. 당신이 여자에 대해 알고 있는 것이라고는 오로지 반쯤 열려 있거나 감긴 눈 아래 잠들어 있는 여자의 몸뿐이다. 몸들의 관통, 당신은 그것을 알아볼 수 없다, 당신은 절대로 알아볼 수 없다. 당신은 절대로 그럴 수 없을 것이다.

당신이 울었을 때, 그것은 당신 자신만을 위해서였지, 당신들 두 사람을 갈라놓은 차이를 넘어 여자와 다시 만나는 게 믿기 어려울 만큼 불가능하기 때문은 아니었다.

이야기의 처음에서 끝에 이르기까지 당신은 여자가 잠 속에서 뱉어내었던 단 몇 개의 낱말만을, 당신이 걸린 병을 말해주는 낱말 몇 개만을 간직하고 있다: 죽음의 병.

당신은 아주 빨리 포기한다, 당신은, 도심에서건, 밤에든, 낮에든, 이제 더는 그녀를 찾지 않는다.

그러나 당신은, 이렇게 당신을 위해서만 치러질 수 있는 유일한 방식의 사랑을, 미처 싹트기도 전에 잃어버리면서, 살아낼 수 있었다.

『죽음의 병』은 연극으로 공연될 수도 있다.

돈을 받고 밤을 보내기로 한 젊은 여자가 무대 한가운데 흰색 시트 위에 누워 있어야 한다. 여자는 벌거벗은 모습일 수도 있다. 여자 주위를, 한 남자가 이야기를 하며 서성거린다.

오직 여자만이 자기 대사를 외워서 말한다. 남자는 단 한 번도 그렇게 하지 않는다. 남자는 젊은 여자 주위를 돌아다니거나 멈춰서거나 하면서 텍스트를 읽는다.

이야기에서 문제의 남자는 단 한 번도 등장하지 않는다. 남자가 젊은 여자에게 말을 걸 때조차 이야기를 읽어주는 사람의 중재를 통해서만 이루어져야 한다.

무대에서 연기는 낭독으로 대체될 수 있다. 나는 늘 텍스트의 낭독을 대신할 수 있는 것은 아무것도 없으며, 그 무엇도, 어떤 연기도, 텍스트 암기의 부재를 대신할 수는 없을 거라고 생각해왔다.

따라서 두 배우는 분리된 두 개의 방에서, 서로 떨어진 채, 글을 쓰고 있는 것처럼 말을 해야만 할 것이다.

연극적으로 발화되고 난 텍스트는 파기되어야 한다.

남자의 목소리는 커야 하고, 여자의 목소리는 거의 들리지 않을 정도로 낮아야 한다.

젊은 여자의 육체 주위를 서성거리는 남자의 행동반경은, 그가 사람들의 시야에서 사라져버리게끔, 빛을 향해, 관객을 향해 다시 돌아오는 동안 시간 속에서 잠시 사라지는 것처럼, 연극에서 사라지게끔, 좀 넓었으면 좋겠다.

무대는 젊은 여자의 몸 전부를 오롯이 볼 수 있게끔, 거의 바닥에 이를 정도로 낮아야 한다.

값을 치른 밤과 밤 사이에는 시간의 흐름을 제외하고는 아무 일도 일어나지 않아야 하며, 오로지 침묵으로 이어진 거대한 공간만 보여야 한다.

이야기를 읽어나갈 남자는 근본적이고 치명적인 약함에 사로잡혀 있다. 이 약함은 다른 남자, 그러니까 무대에는 등장하지 않는 남자의 약함이다.

젊은 여자는 아름답고 개성이 있어야 한다.

넓고 어두침침한 출입구로 파도 소리가 들려와야 한다. 검은 사각의 동일한 공간이 항상 보여야 하고, 이 공간에는 단 한 번도 불이 켜지지 않는다. 파도 소리는 강해지고 약해지기를 반복한다.

젊은 여자가 떠나가는 모습은 보여주지 않는다. 여자가 사라지는 동안 무대는 캄캄해지고, 다시 불이 들어오면 무대의 한복판에는 오로지 하얀 시트만이, 그리고 검은 문으로 몰아칠 바닷소리만이 남겨진다.

음악은 없다.

만약 내가 이 텍스트를 영화로 만들어야 한다면, 나는 파도의 순백색이 부서지며 일으키는 소란과 남자의 얼굴을 거의 동시에 볼 수 있게끔, 바다 위로 흐르는 눈물이 솟

아오르게 할 것이다. 시트의 백색과 파도의 흰빛 사이에 모종의 관계를 설정할 것이다. 시트가 이미 바다의 이미지가 되도록. 일반적으로 지시할 사항은 이게 다다.

살아지지 않는 사랑,
죽음이라는 병

─조재룡(문학평론가, 불문학자)

나는 당신을 바라본다, 이 년 전부터 당신을 바라본다.
나는 우리를 잇고 있는 이 미친 사랑에 관해 적어야만 한
다, 그렇게 하지 않으면 우리는 이 미친 사랑으로 죽게 될
것이다.

—마르그리트 뒤라스[1]

1

『죽음의 병』은 마르그리트 뒤라스가 이 년여의 집필 기

---

1) Marguerite Duras, *Œuvres Complètes*, Tome III, Bibliothèque de la Pléiade, Gallilmard, 2014, p. 1273.

간을 통해 1982년에 발표한 '소설'이다. 『죽음의 병』을 뒤라스는 1980년 여름부터 함께 살았던 얀 앙드레아 앞에서 큰 소리로 구술하고 그에게 이를 받아쓰게 하였다. 뒤라스의 연인 얀은 그 순간을 이렇게 기록한다. "오늘 당신은 모든 것을 포기한다. 오늘 당신은 쓴다. 항상 거칠다. 글이 내 앞에서 생겨난다. 당신은 큰 목소리로 낱말들을 읽어나간다. 그 즉시 나는 타이핑을 한다. 몇 초가 낱말들을 나누고 있다."[2] 뒤라스는 이러한 방식으로 자신의 동반자이자 죽을 때까지 함께 한 연인 얀과 사랑을 나누는 어려움을 그에게 읽게 만들었다. 바로 이 사랑을 나누는 '어려움'에 대해, 쾌락을 위해 "관통"하려 하나 결국 사랑을 나눌 수 없는, 그 불가능에 대해, 욕망의 지배와 사랑의 저 실패에 대해, 성적 섹슈얼리티의 구조 안에서 일어나는 사랑과 욕망의 필연적인 분리에 대해 뒤라스는 『죽음의 병』에 관해 남긴 회고의 글에서 이렇게 말한다. "그는

---

2) Yann Andréa, *M. D.*, Les Éditions de Minuit, 1983, p. 8.

쾌락을 느끼기 위해 여자를 관통한다. 그는 여자와 사랑을 나누지는 않는다. 그는 한 가지만 한다. 그것은 사랑의 패러디"이다.[3]

2

이인칭 복수형 "당신"으로 지칭되는 남자가 사랑을 "시도"하려고, 돈을 지불하고 얼마가 될지 모를 기간 동안 여자를 산다. 남자는 "어느 호텔에서, 길거리 어딘가에서, 어느 기차 안에서, 어떤 바에서, 어떤 책 속에서, 어떤 영화 속에서, 당신 자신 안에서, 당신 안에서, 너 안에서, 동시에 도처에서" 분명 보았으리라고 여겨지는 이 미지의 여인을 만나, 검은 바다를 마주한 고립된 방에서 며칠 동안 알몸으로 침대에 누워 자신이 요구하게 될 모든 것에

3) Marguerite Duras, op.cit., pp. 1274-1275.

복종할 것을 부탁한다. 남자는 사랑해보려고 시도한다.

남자는 "거기도 관통하고 싶"다고 말하며, "그것"을 시도한다. 그는 여자가 자는 모습을 지켜보고, 그녀를 만지고, 그녀의 몸에, "여자의 벌어진 두 다리 상부에, 여자가 열리는 바로 그곳에, 여자 몸의 벌써 축축해진 곳에, 여자의 성기에, 제 얼굴을 대고, 잠이 든다". 남자는 사랑이라는 관계를 맺는 데는 실패한다. 첫 이틀 밤, 남자는 "침대의 거기, 자기 자리에, 하얀 시트의 하얀 웅덩이 속"에서 잠자는 여자를 보는 것으로 만족할 뿐이다. 어느 날 남자는 여자를 취하고, 애무하고, 여자에게 쾌락을 준다. 시종일관 '그것을 하다'라고 반복적으로 표현하였으며, 이와 같이 감정이 배제된 건조한 표현 덕분에 여자와 남자의 성행위는 오히려 에로틱한 느낌을 최대한 제거한 듯이 전개된다. 여자가 자신을 완전히 남자에게 일임했음에도, 이 관계는 만족이나 행복을 제공하는 것과는 아무 상관없어 보인다. 오히려 이 관계는 끊임없는 실패, 소통의 불가능성을 반복적으로 확인할 뿐인 지속적인 실패, 그러니까 사랑의 부재를 대리보충할 수 없는 상태에서, 사랑을 대신해서 전개되는 무엇으로 나타난다. 육체적 친밀함이 의식의 차이를 감출 수 없다.

남자는 이따금 밤이나 새벽녘에 침실 옆 테라스로 나가 하늘과 바다를 바라보며 눈물을 흘린다. 남자는 여자의 성기에 얼굴을 파묻고 운다. 그러나 남자는 오로지 자기 자신을 위해 눈물을 흘릴 뿐이다. 여자가 남자에게 사랑해본 적이 있는지 묻는다. 남자는 사랑을 모른다고 말한다. 단 한 번도 여자를 사랑해본 적이 없다는, 한 번도 여자를 욕망해본 적이 없다는 저 짤막한 대답, "단 한 번도"를 남자는 계속 반복할 뿐이다. 남자는 '사랑하기'를 할 수 없다. 사랑하면서 욕망할 수 없고, 욕망하면서 사랑할 수 없는 이율배반에 빠진다. 남자는 "알지 못한 채 그것"을 할 뿐이다. 사랑과 욕망, 즉 "애정과 관능"은 "별개의 두 대상으로 분리 발산"된다. "불가피한 것처럼 보이는 지배와 불가능해 보이는 사랑"[4] 속에서 여자는 남자가 죽음의 병을 앓고 있으며, 자신은 남자를 만난 첫날부터 이러한 사실을 알고 있었다고 말한다. "이 병이 죽음을 가져온다는 사실을 병에 걸린 사람은 알지 못한다는 점"에서, "죽기 전에 삶을 가져보지 못한 채, 어떤 삶도 없이 죽는다는 걸 전혀 알지 못한 채, 그 사람이 죽으리라는 점"에서 이 병은 남자에게 치명적이며, "죽음에서 오는" "확신"과 "사랑하기의 결여"라는 "필멸의 작용과 함께" 자신이 알고 있는 방식에만 사로잡혀 있는 남자는 따라서 "절대로 시작되지" 않는다. 여자는 남자가 사랑할 수 없는 상태에 놓여 있다는 사실을 파악하고, 이를 죽음의 병, 죽음이라는 병, 죽음 그 자체인 병이라고 남자에게 말한다. 이 병은 죽음에 '이르는' 병, 죽음에 도달하는 병이 아니다. 죽음 그 자체라고 해야 할 병, 즉, 죽음이라는 병이다. 죽음과 병은 여기서 동격이며, 죽음의 병은 우리가 점차 이해하게 되는 사랑의 "무지" "두 눈이 보는 것" "두 손이 만지는 것" "몸

4) 신형철, 「'죽음의 병', 혹은 남성적 사랑의 구조적 결함에 대하여―마르그리트 뒤라스의 「죽음의 병」으로부터―」, 『인문학연구』 제43권, 경희대학교 인문학연구원, 2020, 44쪽.

이 만지는 것"의 "무지"와 동일시된다. 사랑이 지배로 귀결되는 양식, 즉 남성적 섹슈얼리티의 구조 안에서 『죽음의 병』은 사랑과 욕망의 분리를 말한다. 남자는 여자를 소유하기를 원하고, 이러한 욕망을 통한 여자의 소유는 "강간, 학대" 등 잔인한 침입으로 인식되며, "평소에 하던 대로 격렬"한, 익숙한 방식의 육체적 소유는 성의 비밀을 통해 존재의 비밀을 꿰뚫어보고자 하는 욕망의 표현일 뿐이다. 소유를 향한 이와 같은 욕망은 완전한 실패로 이어진다. 여자는 미지인 상태로, 영원히 "낯선 형체의 말랑말랑하고 길쭉한 주조물" "방의 낯선 여인"으로 남겨지며, "여자와 당신 사이에 놓인 영원히 넘을 수 없는 경계"가 생겨난다. 사랑하고자 하면 욕망할 수 없다. 욕망하고자 하면, 그 순간 사랑 역시 불가능해진다.

며칠 밤이 지났다. 남자는 "어느 낯선 사람이라면 그렇게 할 듯" 자신을 위해 운다. 그가 우는 것은 사랑하지 않기 때문에, 사랑할 수 없기 때문이라며, 여자는 남자에게 더는 그 자신을 위해서 울지 말라고 말한다. 여자는 남자가 알아차리지 못하는 사이 조금씩 그를 통제하기 시작한다. 남자는 여자가 그렇게 하도록 놔둔다. 남자가 "사랑하는 감정이 어떻게 불시에 생겨날 수 있느냐"고 여자에게 묻는다. 여자는 "어쩌면 우주의 논리에 갑작스레 끼어든 어떤 균열 같은 것에서" 생겨나리라고, "예를 들어, 어떤 실수 같은 것에서"라고 대답하면서 "의지 같은 것에서는 절대로 생겨나지 않"는다고 덧붙인다. 사랑하는 감정은 불시에, 곳곳에서, "저 밤새의 비행에서, 어떤 잠에서, 잠 속의 어떤 꿈에서, 다가오는 죽음에서, 어떤 낱말에서, 어떤 죄악에서, 스스로, 저절로, 어떻게 생겨나는지 모른 채 갑자기" 생겨날 뿐이다. 거짓 사랑은 쉽게 드러나는 반면, 진실한 사랑은 우연의 교착 속에, 막다른 골목 어딘가에서 생겨나, 필경 실패로 귀결될 실수처럼, 오로지 무지의 상태에서만, 그러니까 오로지 사고처럼 당도할 뿐이다.

어느 날, 여자가 떠난다. 이후 여자는 다시 돌아오지 않는다. 남자는 방에서, 침대 위에서, 여자의 부재를 본다. "방 밖에서, 여기저기 해변에서, 수많은 테라스에서, 저 거리와 거리에서 여자를 찾으려" 해봐도, 남자는 여자를 찾을 수 없을 것이다. 순전히 육체라는 존재를 제공한 후, 여자는 완전히 자유로워진 것처럼 계획한 대로 지불한 밤을 채우고 남자를 떠난다. 이 짧은 만남은 아무런 흔적도 남기지 않고 끝난다. 작품은 삶 한복판의, 삶의 내부에서 일어난 이 죽음을 극단적인 불행이자 본질적 결핍으로 고발하지만, 겉보기에는 아무런 징후도 나타나지 않는 것처럼 진행된다. 남자는 설령 여자와 마주친다 해도 여자를 알아볼 수 없을 것이며, 오로지 그녀가 남긴 "죽음의 병"이라는 말만을 마음에 간직할 뿐이다. 그러나 이 죽음의 병에 걸린 남자는 여자와 시도한 사랑을 실현하지 못한 채, 바로 그러한 상태, 즉 불가능의 가능성 속에서 잠시 사랑을 살아낼 수 있었다. 뒤라스는 남자가 시도한 사랑, "죽음의 병"에 걸린 "당신"의 사랑을 이렇게 이야기하면서 끝을 맺는다. "당신은, 이렇게 당신을 위해서만 치러질 수 있는 유일한 방식의 사랑을, 미처 싹트기도 전에 잃어버리면서, 살아낼 수 있었다."

3

여자는 매일 오리라. 여자는 매일 온다.

여자는 밤과 함께 오리라. 여자는 밤과 함께 온다.

대화와 짧은 이야기의 기이한 혼합으로 이루어진『죽음의 병』에 대해 뒤라스는『리베라시옹』지와의 인터뷰에서 "더이상 지울 수 없을 만큼 얇아지도록, 최대한 지워냈"으며, 일단 한 차례 읽고 나면 "우리 안에 남겨질 것과 일치하게 될 텍스트"[5]라고 말한 바 있다. 블랑쇼는 이 텍스트의 불가사의한 점으로 '줄일 수 없는' 성질을 언급하면서, 인물의 특성을 간결성과 압축성으로 설명한다. 바로 이 간결성과 압축성을 통해 여자는 현실의 상황을 초월하

---

5) Jean Pierrot, *Marguerite Duras*, Librairie José Corti, 1986, p. 323.

여 압도적으로 상황을 지배하며, 여기서 바로 여자의 현전-부재가 드러난다고 말한다.[6] 『죽음의 병』은 '당신'이라는 이인칭과 '여자'라는 삼인칭 사이에 오가는 대화가 주를 이룬다. '당신'이라는 이인칭은 객관성을 지향하는 삼인칭과 주관성을 궁굴리는 일인칭, 이 양자의 특성을 오가며 필요에 따라 양자를 등질 수도 있다. 이인칭 '당신'은 읽는 독자를 어떤 상태에 이르게 한다. '당신'은 글을 읽고, 글에서 말하고, 말해지고, 불리고, 묘사되며 묘사하는 등의 모든 행위를 통해 어느새 '당신' 자신에게 질문을 던지는 존재가 된다. 독자는 '당신'으로 불리며 '당신'을 읽는 동시에 '당신'이 되어버린다. 읽는 자의 시선이 조건법('~하게 되리라')과 직설법 사이의 상호교차 속에서 고스란히 포개어진다. 독자들은 이렇게 '당신'에게 빨려들어가고, '당신'은 읽는 '나'가 되고, 읽는 '나'는 '당신'이 되는

6) 모리스 블랑쇼, 장뤽 낭시, 『밝힐 수 없는 공동체/마주한 공동체』, 박준상 옮김, 문학과지성사, 2005, 58쪽.

이상한 교환이 일어나 일종의 공동체적인 인칭이 탄생한다. 뒤라스는 이 불가사의하며 되돌아오는 말, 주문을 거는 듯한 말로 독자들을 비극적인 공동체로 데려간다. 쓰기와 읽기는 그러니까 "공유하기"와 다르지 않다. "책과 독서 사이의 사적인 관계" 속에서 이렇게 "우리는 함께 불평하고 운다."[7]

4

『죽음의 병』을 출간한 이후, 뒤라스는 십 년간 끊임없이 이 텍스트로 되돌아왔다. 희곡과 소설의 접점에서 피워 올린 목소리로 적어나간 이 작품을 희곡으로 각색해보려고 여러 차례 시도하였으나, 그 시도는 항상 실패로 귀결

---

7) Marguerite Duras, *La Vie matérielle : Marguerite Duras parle à Jérôme Beaujour*, Les Éditions P.O.L., 1987, p. 136.

되고 말았다고 뒤라스는 고백한다. 무대에 오르기 전에 영화가 먼저 등장했다. 『관객모독』의 작가 페터 한트케의 번역과 연출로 1985년 독일어로 선보인 이래 『죽음의 병』은 두 차례 더 영화로 상영되었다. 연극은 1991년 로버트 윌슨 연출로 베를린 샤우뷔네극장에서 처음 공연되었고,[8] 이후 2006년 프랑스에서 베랑제르 보브와쟁의 연출로 공연되었으며, 현재까지 총 다섯 차례 공연되었다. 매번 공연을 위해 각색된 텍스트를 읽은 후, 뒤라스는 실망을 감추지 못했다. 『죽음의 병』을 희곡으로 각색하려는 뒤라스의 시도는 매번 실패하였다. 그 어려움에 대해 뒤라스는 이렇게 말한다. "문학 텍스트가 연극이 되기 위해선 매우 엄격하게 구축되어야 하는데, 그런 경우는 극히 드물어요. 무엇보다도 판을 다시 짜야 하죠. 대사를 수정하는 것에 그칠 수도 있겠으나, 그것만으론 충분치 않아요. 거기

---

[8] 1996년 로버트 윌슨은 프랑스의 MC93 Bobigny(93 지역 보비니, 문화의 집)에서 프랑스어로 각색하여 이 작품을 한 차례 더 공연하였다.

에 글의 마술적 영역인, 말로 할 수 없는 몇몇 암시들을 표현하는 어려움이 있는 거고요 (……)『죽음의 병』같은 텍스트를 예로 들어볼까요. 하얀 공간, 중간 휴지休止, 공백, 바닷물 소리, 불빛, 바람. 무대가 너무 작아요……"[9] 비록 연극으로 각색하려는 시도는 실패의 연속이었으나 그 과정에서 파란 눈 검은 머리의 젊은 외국인을 동시에 욕망하는 '그'와 '그녀'의 이야기를 담은 소설『파란 눈 검은 머리』[10]가 탄생하였다.『죽음의 병』은 또한 2008년 인사미술공간이 주최한 양혜규의 기획 전시회 〈셋을 위한 목소리〉에서 모노드라마 계획으로 소개된 바 있다.[11]

9) 마르그리트 뒤라스, 레오폴디나 팔로타 델라 토레, 『뒤라스의 말』, 장소미 옮김, 마음산책, 2021, 163~164쪽.
10) Marguerite Duras, *Les Yeux bleus cheveux noirs*, Les Éditions de Minuit, 1986. 한국에서는 『파란 눈 검은 머리』(김현준 옮김, 문학동네, 2020)로 번역되었다.
11) 양혜규는 『죽음의 병』을 미술 작업의 복합적인 구현을 통해 지속적으로 상연할 계획을 밝힌 바 있다(양혜규, 『셋을 위한 목소리』, 현실문화, 2008, 88쪽).『죽음의 병』은 이 행사에 맞추어 정희경에 의해 번역된 바 있다. 본 번역에서 많은 도움을 받았다.

마르그리트 뒤라스

Marguerite Duras, 1914~1996

본명 마르그리트 도나디외Marguerite Donnadieu.

1914년, 당시 프랑스 식민지였던 인도차이나의 도시 지아딘에서 태어났다(현재의 베트남 호찌민). 1921년 아버지가 병으로 돌아가신 후, 프랑스어 교사인 어머니의 인사이동에 따라 인도차이나 곳곳으로 이사를 다니며 어린 시절을 보냈다. 뒤라스가 경험한 식민지에서의 삶은 행복하지만은 않았다. 어머니의 적은 수입에 의존해야 했던 가난한 살림, 큰오빠 피에르가 휘두르던 폭력, 그리고 그만을 편애하던 어머니의 무관심 탓에 뒤라스는 작은오빠 폴과 서로 의지하며 쉽지 않은 유년기를 보내야 했다. 그러나 당시 동남아시아에서 얻은 독특한 경험들은 그의 긴 작품활동에 있어 마르지 않는 영감의 원천이 되었고,

그가 평생에 걸쳐 작업한 '방파제 연작'―『태평양을 막는
방파제*Un barrage contre le Pacifique*』(1950), 『에덴 시네마*L'Éden Cinéma*』(1977), 『연인*L'Amant*』(1984), 『북중국에서 온 연인 *L'Amant de la Chine du Nord*』(1991)―을 비롯한 수많은 작품으로
변주되었다.

1932년, 바칼로레아에 합격한 뒤라스는 프랑스로 영구
귀국한다. 수학교사였던 아버지의 영향으로 소르본대학
에서 수학을 전공으로 택하지만 이후 정치학과 법학도 함
께 공부한다. 졸업 후 식민지청에서 비서로 일하다가
1941년 퇴직한다. 1942년 겨울, 작은오빠 폴이 사망했
다는 소식을 전해들은 그는 자살 충동을 느낄 만큼 깊은
우울감에 시달리지만, 상실의 아픔을 딛고 반년 후인
1943년 4월에 플롱출판사에서 첫 소설 『타느랑 가족: 철
면피들*La Famille Taneran: Les Impudents*』을 출간한다. 어린 시절,
큰오빠 피에르에게 품었던 증오심이 주를 이룬 작품이다.
이때부터 가족의 성인 '도나디외' 대신 필명 '뒤라스'를 사

용하기 시작한다. 이는 아버지가 죽기 전 매입한, 프랑스 로트에가론에 위치한 땅의 지명에서 따온 것이다.

이차대전중에는 훗날 프랑스의 대통령이 될 프랑수아 미테랑과 함께 레지스탕스로서 활동한다. 함께 사회운동에 참여하던 첫번째 남편 로베르 앙텔므는 1944년 강제수용소로 끌려가기도 한다. 폭력적이었던 당시 사회에서 겪은 경험은 그의 문학에도 영향을 미친다. 남편이 38kg의 앙상한 몸으로 강제수용소에서 귀환하던 날과 그동안의 긴 기다림의 시간을 담아낸 소설『고통*La Douleur*』(1985)은 훗날 프랑스 사회에 큰 반향을 불러일으킨다.

종전 후에도 뒤라스는 정치에 적극적으로 참여하여, 알제리전쟁 반대운동과 68혁명에 참여하는 등 프랑스 현대사의 현장에 직접 나섰다. 1944년 공산당에 가입해 활발히 활동하기도 하였으나, 당이 뒤라스의 정치적, 예술적 노선을 문제 삼자 자신의 문학적 취향을 멋대로 바꿀 수는 없다며 1949년 탈퇴한다.『르몽드』『리베라시옹』등 다양한 지면에 글을 기고하며 사회에 적극적으로 목소리를 내는 한편으로 그는『모데라토 칸타빌레*Moderato cantabile*』(1958),『여름 저녁 열시 반*Dix heures et demie du soir en été*』(1960),『롤 V. 슈타인의 황홀*Le Ravissement de Lol V. Stein*』(1964),『부영사*Le Vice-consul*』(1966) 등을 비롯한 다수의 작품을 발표하며 작가로서의 입지를 굳힌다.

뒤라스는 문학의 범주를 넘어 영화계에도 분명한 발자취를 남겼다. 1960년, 알랭 레네 감독이 연출한 영화〈히로시마 내 사랑*Hiroshima mon amour*〉의 시나리오를 시작으로 뒤라스는 소설과 영화를 가로지르는 독보적인 작업을 펼쳐나간다. 1974년에는 자신의 소설『사랑*L'Amour*』(1972)을 각색해 영화〈갠지스강의 여인*La Femme du Gange*〉을 발표하고, 이듬해 1975년에는『부영사』를 바탕으로 한 영화〈인디아 송*India Song*〉으로 칸영화제 예술·비평 부문에서 수상한다.

독특한 문학적 색채로 인해 '누보로망' 계열의 작가로 거론되기도 하였지만, 뒤라스 자신은 어떤 갈래에도 속하기를 거부한 채 특유의 반복과 비정형적인 문장을 자유롭게 구사하며 자신만의 글쓰기를 모색해갔다. 그의 작품은 부재와 사랑, 고통과 기다림, 글쓰기와 광기, 여성성과 동성애의 기이한 결합 등을 주제로 한 다양한 변주를 보여준다. "누보로망의 시대에서 결국 살아남을 단 하나의 작가는 뒤라스"라는 말이 나올 만큼, 그는 당대의 문학사적 흐름에서 비껴가면서도 절대 빛바래지 않는 독자적인 작품들을 발표했다.

80년대 이후에 등장한 뒤라스의 후기작품을 관통하는 것은 얀 앙드레아라는 존재이다. 뒤라스보다 서른여덟 살 아래인 젊은 청년이었던 얀은 그의 오랜 팬이자 동반자, 그리고 연인으로서 1980년 여름부터 뒤라스가 1996년 세상을 떠날 때까지 그의 삶을 함께했다. 『죽음의 병』

(1982)은 동성애자 남성인 얀 앙드레아와의 사랑을 바탕으로 구체화된 작품으로, 후대 비평가들이 '얀 앙드레아 연작' 혹은 '대서양 연작'으로 분류하는 작품의 원형이 되는 단편이기도 하다. 이 작품을 희곡으로 각색하는 수많은 시도에서 '대서양 연작'의 다른 작품들인 『파란 눈 검은 머리Les Yeux bleus cheveux noirs』(1986), 『노르망디 해변의 매춘부La Pute de la côte normande』(1986) 등이 탄생했다.

1984년에는 어린 시절 인도차이나에서의 시간을 바탕으로 쓴 소설 『연인』이 프랑스 최고의 문학상인 공쿠르상을 수상한다. 이 작품은 프랑스를 비롯한 세계 각국에서 수백만 부가 팔리고 영화로도 제작되며 큰 성공을 거둔다. 그로부터 사 년 뒤인 1988년, 뒤라스는 폐질환에 의한 합병증으로 혼수상태에 빠진다. 모두가 그가 이대로 죽음에 이를 것이라 믿었지만 오 개월 후 뒤라스는 예상을 뒤엎고 기적적으로 깨어난다. 이후 꺾이지 않는 삶에 대한 의지로 집필활동을 계속 이어가며 이 년 만에 건강을

회복했다.

이후에도 뒤라스는『연인』을 새로운 형식으로 다시 쓴
『북중국에서 온 연인』을 출간하고『여름비 La Pluie d'été』
(1990),『얀 앙드레아 슈타이너 Yann Andréa Steiner』(1992)를 집
필하는 등 열정적인 창작활동을 이어갔다. 반세기에 걸
쳐 문학과 영화, 극 등 다양한 분야에서 총 칠십 편에 달
하는 작품을 발표, 프랑스 문단을 대표하는 작가로 부상
한 그는 마지막 몇 년간의 글을 모은『이게 다예요 C'est tout』
(1995)로 마침표를 찍고 1996년 3월 3일, 파리의 자택에
서 세상을 뜬다.

죽음의 병

LA MALADIE DE LA MORT

초판 1쇄 인쇄 2022년 6월 10일
초판 1쇄 발행 2022년 6월 23일

지은이 마르그리트 뒤라스
옮긴이 조재룡

펴낸이 김민정
책임편집 송원경
편집 유성원 김동휘
디자인 한혜진
저작권 박지영 형소진 이영은 김하림
마케팅 정민호 이숙재 김도윤 한민아 정진아 우상욱 정유선
브랜딩 함유지 함근아 김희숙 안나연 박민재 박진희 정승민
제작 강신은 김동욱 임현식
제작처 천광인쇄사(인쇄) 경일제책(제본)

펴낸곳 (주)난다
출판등록 2016년 8월 25일 제406-2016-000108호
주소 10881 경기도 파주시 회동길 210
전자우편 nandatoogo@gmail.com **페이스북** @nandaisart **인스타그램** @nandaisart
문의전화 031-955-8853(편집) 031-955-2696(마케팅) 031-955-8855(팩스)

ISBN 979-11-91859-24-9 03860